北海道豆本
series37

爪句
TSUME-KU
@暦の記憶

爪句集 覚え書き—37集

　暦－カレンダーは1か月毎に構成ページが、1年毎に全体が捨てられていく。カレンダーの機能上当たり前の利用のされ方である。しかし、カレンダー写真の撮影者としては、印刷した写真の作品を残しておきたい。その思いが本爪句集に結実している。

　カレンダー写真は、空撮も含め全球パノラマ写真を多く採用している。この写真は、タブレットやスマホでQRコードを読み込むことにより、表示画面に360°の全球写真を展開して見ることができる。このようなカレンダー写真を2015年から2018年の4年間分をまとめて編集したものが本爪句集である。

　カレンダーでは写真のみが印刷され、爪句や句作の状況のより詳しい説明の記述はない。そこで、本爪句集は従来の爪句集を踏襲して、採用した写真に関する詳しい説明と、写真のキャプションの

位置づけの爪句を新しく創作している。

この編集・創作作業を行う過程で、紙メディアの持つ制約に対処せざるをえない点を改めて確認した。紙メディアは2次元のデータしか表現できない。パノラマ写真を印刷する場合、3次元的写真から2次元写真を切り出す過程が必然的に入り込む。3次元空間をどのような視線で、どの部分を切り出すかは、往々にして最初には決まらない。

一方、写真に付ける爪句に関しては、作句前に写真の説明という文章化作業がある。短い文章（100文字強）なので写真の対象や撮影状況についてあれこれ書くことは無理で、どこかに焦点を絞って文章化する。その文章をさらに簡潔に表現した文章の見出し（タイトル）の役目をするのが爪句である。もし文章が先に出来上がれば、それに沿って全球パノラマ写真から2次元写真の切り出しが行われる事になる。

最初に写真があって句作が続くというのは、撮影した写真が変更できない通常の2次元写真の場合に多く、普通の処理の流れである。全球パノラ

マ写真のように、撮影後どの部分の2次元写真でも切り出せる場合は、爪句創作後に、第2段階目になる2次元写真確定処理と続く場合が多い。

このように本爪句集で行われている処理作業は、写真撮影だけ、文章作成だけ、句を推敲するだけの枠がはめられたものではなく、異なるジャンルでの創作が互いに影響を及ぼしながら最終作品になる。ここに新しい創作の面白さや可能性があると考えている。

手間のかかる処理で得られた全球パノラマ写真であれば、写真展でも開いて不特定多数の人に鑑賞してもらいたい気持ちが強い。しかし、写真展にはお金がかかる。その費用をカレンダー制作費に回し、カレンダーを配布すれば形を変えた写真展を行っていると考えることができる。QRコードを介してネットの世界とリンクすれば、通常の写真展とは異なる、全球パノラマ写真展を開催していることになる。

現在、カレンダー出版の資金の一部をクラウドファンディングで得て、2019年の空撮全球カレ

ンダー出版を行おうと準備している。本爪句集はそのリターン（返礼）品としての位置づけにある。この資金集めは、いわば購買型のもので、カレンダーや爪句集が出る前に購読者を募集しているともいえる。ネット社会ではこのような仕組みを利用した自費出版が可能になっている。

　新しいジャンルでの作品の制作、出版、そして読者への販売と、可能性が眼前に広がっていると感じている。しかし、著者の試みの現状では、その可能性がカレンダー出版や本爪句集出版で充分実現されているとは言い難い。カレンダーの出版がこれからも続けられ、爪句集もシリーズの巻数をさらにのばすことができれば、この爪句考に述べたことが説得力のあるものになるだろうと思っている。

爪句@暦の記憶 目次

爪句集覚え書き―37集

あとがき

2015年

1	表紙	パノラマ写真で巡る北海道の駅
2	表紙テーマ	釧網本線南斜里駅
3	1月テーマ	レストランのある北浜駅
4	1月テーマ	観光客が跡を残す北浜駅
5	2月テーマ	摩周駅のSL冬の湿原号
6	2月テーマ	SL冬の湿原号車内
7	3月テーマ	函館本線始点駅の函館駅
8	3月テーマ	長いホームのある函館駅

9	4月テーマ	日本最東端駅の東根室駅
10	4月テーマ	マニアに人気の東根室駅
11	5月テーマ	崩壊の運命の鉄道橋
12	5月テーマ	タウシュベツ川橋梁
13	6月テーマ	ラベンダー畑駅と観光列車
14	6月テーマ	初乗車のノロッコ号
15	7月テーマ	昔の面影を残す浦河駅
16	7月テーマ	埋め立て地と港の浦河町
17	8月テーマ	ロケ駅の明日萌駅
18	8月テーマ	便所の表示の恵比島駅
19	9月テーマ	廃駅の運命の新十津川駅
20	9月テーマ	記憶に残る新十津川駅
21	10月テーマ	ロケ駅の幌舞駅
22	10月テーマ	高倉健のサインのある駅舎
23	11月テーマ	日本最北端駅の稚内駅
24	11月テーマ	稚内駅周辺
25	12月テーマ	廃駅予定の竜飛海底駅
26	12月テーマ	新聞を賑わせた海底駅

2016年

27	表紙	パノラマ写真で記憶する北海道の鉄道
28	表紙テーマ	札幌駅始発のSLニセコ号
29	1月テーマ	引退前の列車の追っかけ
30	1月テーマ	引退の迫る北斗星
31	2月テーマ	宇宙軒カーブでの撮影
32	2月テーマ	見納めのカシオペア
33	3月テーマ	引退を控えた寝台特急
34	3月テーマ	最終日を迎えた寝台特急
35	4月テーマ	廃駅となった増毛駅
36	4月テーマ	最終営業日の増毛駅
37	5月テーマ	廃駅となった上白滝駅
38	5月テーマ	爪句集に載せた白滝三駅
39	6月テーマ	小樽駅のSLニセコ号
40	6月テーマ	SLニセコ号車内
41	7月テーマ	SLニセコ号の追っかけ
42	7月テーマ	苦心のSLニセコ号撮り
43	8月テーマ	廃駅になった瀬越駅

44	8月テーマ	海岸に近い瀬越駅
45	9月テーマ	廃屋地区の金華駅
46	9月テーマ	金華駅から行く追悼碑
47	10月テーマ	旧駅舎の比布駅
48	10月テーマ	列車交換のある比布駅
49	11月テーマ	親しまれた赤電車711系
50	11月テーマ	最後の日の赤電車
51	12月テーマ	知名度のある秘境駅小幌駅
52	12月テーマ	存続している小幌駅

2017年

53	表紙	パノラマ写真で見る駅と列車の風景
54	1月テーマ	釧路駅発 SL 冬の湿原号
55	1月テーマ	釧路に戻った重連の SL
56	2月テーマ	回文駅名の瀬戸瀬駅
57	2月テーマ	瀬戸瀬で折り返す列車
58	3月テーマ	列車交換のある野花南駅
59	3月テーマ	殺風景が客の野花南駅
60	4月テーマ	ほしみ駅を行く列車空撮
61	4月テーマ	秋のほしみ駅
62	5月テーマ	北海道遺産 SL 雨宮 21 号
63	5月テーマ	雨宮 21 号の格納庫
64	6月テーマ	富良野線のノロッコ号
65	6月テーマ	ノロッコ号の追っかけ
66	7月テーマ	占冠駅を通過する特急
67	7月テーマ	普通列車の姿が無い占冠駅
68	8月テーマ	写真に残る箸別駅
69	8月テーマ	廃線前の過疎化線人気

70	9月テーマ	石狩月形駅の列車交換
71	9月テーマ	夏の石狩月形駅
72	10月テーマ	青森県のJR北海道の駅
73	10月テーマ	新駅の奥津軽いまべつ駅
74	11月テーマ	難読の宗谷本線箴島駅
75	11月テーマ	砂澤ビッキ縁の箴島駅
76	12月テーマ	登別駅に停車する寝台特急
77	12月テーマ	鬼が出迎える登別駅

2018年

78	表紙	北海道の絶景空撮パノラマカレンダー
79	表紙テーマ	ハートレイクの豊似湖
80	1月テーマ	宗谷岬の日の出
81	1月テーマ	最北地の日の出の空撮
82	2月テーマ	廃線予定の夕張支線
83	2月テーマ	夕張支線走行列車の空撮
84	3月テーマ	慰霊登山の行われる三角山
85	3月テーマ	三角山の空撮
86	4月テーマ	オロロンラインの景観
87	4月テーマ	オトンルイ風力発電所
88	5月テーマ	巨大砂嘴の野付半島
89	5月テーマ	野付半島のトドワラ
90	6月テーマ	阿分漁港と阿分駅空撮
91	6月テーマ	阿分駅ホームと待合所
92	7月テーマ	霧多布岬の日の出
93	7月テーマ	霧多布岬の日の入り
94	8月テーマ	占冠村赤岩青巌渓

95	8月テーマ	観光立村を目指す占冠村
96	9月テーマ	ジオパークのアポイ岳
97	9月テーマ	橄欖岩のアポイ岳
98	10月テーマ	手稲山の春夏
99	10月テーマ	手稲山の秋
100	11月テーマ	知床峠越えの小旅行
101	11月テーマ	羅臼町の秘湯「熊の湯」
102	12月テーマ	北科大芦原ニセコ山荘
103	12月テーマ	山荘でのドローン飛行実験

1 表紙
パノラマ写真で巡る北海道の駅

駅巡り　成果の写真　暦なり

　全道の駅のパノラマ写真を撮影する話が本格化し、パノ鉄本舗と銘打った集まりが生まれ、2012年頃から駅のパノラマ写真撮影が始まった。その写真を基にカレンダーの制作も開始し、2015年に最初のものが出版された。表紙には南斜里駅を選んだ。

2015年

海峡に 海底駅の 旗の立ち

　カレンダーの表題を「パノラマ写真で巡る北海道の駅」として表紙をめくったところにカレンダーの写真に採用した駅のある場所を示した。駅は陸地となるのに、1ヵ所津軽海峡海中に駅の位置を示す旗が立つ。竜飛海底駅で後に廃駅となった。

2 表紙テーマ
釧網本線南斜里駅

(2013・1・11)

駅舎無き　南斜里駅　雪野原

釧網本線の南斜里駅を雪の季節に訪れると雪野原の中にホームだけがある。駅舎が無いので、遠くからは駅を確認するのが難しい。パノラマ写真を撮ると撮影のためホームに向かうY氏が写る。同行のF氏と筆者の姿は無く、筆者の影のみが写る。

2015年

(2013・1・11)

時刻表 運賃確認 ホーム駅

　南斜里駅のホームに立つと目の前の農家の建物を除けば雪野原が広がるばかりである。このホーム駅で列車を待つ客や降りる客を想像するのは難しい。それでも運賃表の看板と列車の時刻表はあり、客への最低限の情報は伝わるようになっている。

３ １月テーマ
レストランのある北浜駅

(2013・1・11)

人気駅 便り出したく 赤ポスト

　北浜駅は日本人観光客のみならず外国人、特に中国人に人気の駅である。中国映画「狙った恋の落とし方」が影響しているようだ。駅舎前に旧式の赤ポストがあり旅情を誘う。メールの時代ながら、この駅からは切手を貼った便りを出したくなる。

2015年

(2013・1・11)

停車場は　死語になりしか　レストラン
(ていしゃば)

　北浜駅の駅舎の正面の壁にレストラン「停車場」の看板がある。レストランがお目当てで、車で来る客も居る。「停車場」は耳にすることも無くなってもう死語に近いのだろう。啄木の「ふるさとの訛なつかし　停車場の…」の歌を思い出す。

４ １月テーマ
観光客が跡を残す北浜駅

(2013・1・11)

鉄ちゃんが　造り出したり　異空間

> 釧網本線の北浜駅舎内は異空間である。出入り口や無人駅舎内のレストランのドア部分を除けば、壁や天井が鉄道ファンの名刺で埋まっている。中国でヒットした映画の撮影場所にもなっていて、観光客を案内した中国名の旅行社の名前も見える。

2015年

(2013・1・11)

北浜の 売りの近海 ホーム前

　北浜駅のホームに出ると目の前にオホーツクの海が広がる。この海の近さが売りである。オホーツク海に一番近い駅とのキャッチコピーも用意されている。駅舎の隣に流氷見学用の展望台があり、晴れていると遠く知床連山を望むことができる。

５２月テーマ
摩周駅のSL冬の湿原号

(2014・1・26)

SLは　水を貰いて　帰還なり

SL冬の湿原号の追っかけを行った。釧路から川湯温泉駅まで運行して、途中摩周駅で給水と石炭の補給を行い釧路駅に戻る。給水は消防署の給水車が行っているようで、これをカメラに撮る鉄道ファンが摩周駅のホームや線路脇に集まっていた。

2015年

(2014・1・25)

逆向きの SLを撮る 摩周駅

牽引SL二両の重連運転の冬の湿原号が摩周駅に入ってくるところを撮影する。転車台がないので、釧路駅を出発した時に前向きのSLは、摩周駅で給水しホームに戻ってくる時は逆向きとなり、釧路駅まで戻る。後ろでディーゼル機関車が押している。

６ 2月テーマ
SL冬の湿原号車内

(2014・1・26)

車内外　スルメと駅名　写したり

　摩周駅から釧路に向かうSL冬の湿原号に乗り込む。列車内の狭い空間で、三脚無しで何とかパノラマ写真を撮る。ダルマストーブの上のスルメと窓の外の「ましゅう」の文字の駅名標が写っている。SL列車の客車内の様子をどうにか記録できた。

2015年

(2014・1・26)

焼きシシャモ　手に取る熱さ　昔旅

SL湿原号の車内には、昔列車内にあったダルマストーブに火がついている。燃料は石炭である。乗客がストーブの上に思い思いの食材を乗せて焼いている。車内の売店で購入したシシャモを焼き、ビールのつまみにして遠い昔の列車旅を思い出す。

７ ３月テーマ
函館本線始点駅の函館駅

(2013・9・15)

駅広場　親子手をつき　いらっしゃい

　函館駅の正面の広場に工業デザイナー林昌平氏の「OYAKO」オブジェがある。四つん這いになった大小の人型が重なるようにして置かれている。作品名からすれば大が親、小が子になる。駅広場なのでいらっしゃいませのポーズにも見えてくる。

2015年

(2012・9・15)

０の文字　鉄路開始の　地点なり
（ぜろ）

　北海道の鉄路の玄関口、函館駅の構内通路でパノラマ写真を撮る。4番線と5番線の間に0キロポストがあり、通路にもそれを示す標識とガラス窓に説明がある。函館本線の始点であることを示していて、終着旭川駅までの距離は423Kmになる。

8 3月テーマ
長いホームのある函館駅

(2013・10・4)

特急が 短く見える ホームなり

　函館駅のホームは長い。Googleの衛星写真から割り出しても400mはありそうだ。どうしてこの長さか解せない。ホームには特急スーパー白鳥が停車中で、列車の前方にホームが長く続く。この特急は北海道新幹線開業に合わせて廃止された。

2015年

(2012・8・9)

夜行待つ　客を護るか　防人像(さきもり)

札幌行き急行に乗るため函館駅に行く。深夜近くになっていて、夜行列車を待つ客の他には人は見当たらない。流政之の「SAKIMORI」が真夜中の駅舎で旅人を護るかのように立っている。北海道知事公館の庭にある同作家の防人像を思い出す。

９ ４月テーマ
日本最東端駅の東根室駅

（2014・4・27）

最東端　標識のみで　駅舎なし

東根室駅がJRの駅で最東端になる。経度は東経145度35分50秒である。稚内駅が最北端駅なので、列車で旅行すれば北海道は日本列島の端であることを実感する。駅に駅舎や売店の類は無く、代わりに立派な標識があり、最東端の雰囲気を感じる。

2015年

(2014・4・27)

花咲の　駅消え　残る　路線名

　東根室駅のホームは少し高いところにあり、板張りである。ホームに両隣の駅の名前が記された駅名標があり、駅の北の方角に隣接の根室本線終着駅の根室駅がある。花咲駅は西方向の隣駅で、花咲線の愛称の由来の同駅は2016年に営業を終えている。

10 4月テーマ
マニアに人気の東根室駅

(2014・4・27)

最東端 ホーム上から 目視なり

東根室駅のホームは、ほぼ南北方向の緩いカーブに沿っている。線路は同駅から北西方向に延び、さらに方向を西に変えてから根室駅に達する。この線路のカーブを目視で確かめ、地図も見て東根室駅が文字通り根室駅の東に位置するのを納得する。

2015年

(2014・4・27)

最東端　人気の駅を　回し見る

道新朝刊（2014.4.29）に日本最東端の駅であるJR花咲線の東根室駅の「東根室駅来駅証明書」が鉄道マニアに人気との記事。2日前にこの駅のパノラマ写真を撮っていて、早速パノラマ写真合成を行ってみる。証明書の代わりに駅スタンプを並べる。

11 5月テーマ
崩壊の運命の鉄道橋

(2013・6・8)

崩壊の　前に撮りおく　遺産橋

タウシュベツ川橋梁は、旧国鉄士幌線でタウシュベツ川に架けられたコンクリート製のアーチ橋である。人造湖の糠平湖ができ湖中に取り残された。崩壊前にパノラマ写真を撮ろうと上士幌町まで行く。天気が良く、カメラを構えた人が写っている。

2015年

(2013・6・8)

橋寿命　剥(む)き出す鉄筋　知らせたり

> タウシュベツ川橋梁に近寄ってみる。コンクリートが崩れ鉄筋がむき出しになっている。橋は文化財等の指定を受けてはおらず、修復して残すことも考えられていない。この鉄筋コンクリート橋が消えるまでの時間を、剥き出た鉄筋が予測している。

12 5月テーマ
タウシュベツ川橋梁

(2013・6・8)

空と水 二つ橋梁 タウシュベツ

> タウシュベツ川橋梁とその背後の山並みが、糠平湖に鏡像となって映る状態の良い写真を撮る条件がある。十分な湖の水量、風が無く湖面が鏡のようになっている、景色が逆光にならぬこと等で、これらの条件を満たしたパノラマ写真が得られた。

2015年

(2013・6・8)

我が影の　前方湖面　冠雪山

> タウシュベツ川は糠平湖に注いでいて湖の一部が川と合体している。その岸辺に朝日を浴びて立つと自分の影が西に長く延び、その先の湖面には冠雪の山々が映る。この辺りの山は良く知らず、地図で見てニペソツやウペペサンケかなと推定する。

13 6月テーマ
ラベンダー畑駅と観光列車

(2013・6・23)

水田が ホームに迫り 臨時駅

　　水田と畑に囲まれた6〜10月営業の臨時駅で、観光列車「富良野・美瑛ノロッコ号」が停車する。シーズン中ノロッコ号が停車すると木製デッキのホームは客で混雑する。外国人観光客のためホームには英語、中国語、韓国語の注意書きが見える。

2015年

ノロッコ号 年を重ねて 15歳

　ノロッコ号がラベンダー畑駅に近づいてくる。機関車の正面にプレートが飾られているのを撮る。写真を拡大すると「おかげさまで15周年」の文字が読み取れる。写真の撮影年から逆算すると1998年に運行が開始されていて、人気を保っている。

14 6月テーマ
初乗車のノロッコ号

ノロッコは　のろいトロッコ　初乗車

ノロッコ号とは「のろい（鈍い）＋トロッコ」の造語で命名された列車。ゆっくりとトロッコに乗った気分で観光を楽しむ列車として人気がある。釧網本線や富良野線で走るノロッコ号があり、富良野・美瑛ノロッコ号に始発の新得駅から乗り込む。

2015年

豪華さを 写真演出 列車内

　ノロッコ号の車内は普通の列車とあまり変わらない。窓の部分が外気と触れるのを大幅に取り入れる設計になっている。観光列車なのでランプ風の照明が凝っている。豪華さを写真で演出してみようと、クロスフィルター使用で車内を撮ってみる。

15 7月テーマ
昔の面影を残す浦河駅

(2012・8・25)

荒海(あらうみ)の　視界から消え　懐古駅

　昔、浦河の駅は、コンクリートの防波堤で太平洋の寄せる荒波からかろうじて線路と駅舎が守られていた。風が強いと、波しぶきが駅構内まで飛んできた。今は、海岸の埋め立てが進んで、昔砂浜と海だったところに国道235号が線路と並行に延びている。

2015年

(2012・12・12)

半世紀 広場風景 残りたり

　半世紀以上昔、浦河町堺町から東町の高校への自転車通学路は駅前の道しかなかった。この道は、今は旧道となり、昔の面影を保って取り残されている。しかし、日高本線が災害で不通になり復旧の見通しが立たず、列車を利用する客は消えた。

16 7月テーマ
埋め立て地と港の浦河町

(2012・8・25)

昆布干す　乙女の向こう　跨線橋
(こんぶ)

　浦河町は昔、海であったところが埋め立てられて、町役場の庁舎や消防署、その他の施設が建てられた。埋め立てで土地に余裕のできた役場の前は広場になっていて、昆布を干す乙女のブロンズ像が置かれている。ここから浦河駅の跨線橋が見える。

2015年

(2012・8・25)

町惹句　海と牧場の　港町
じゃっく

浦河町は港を中心にして発展してきた。漁港と物流港の機能を併せた地方湾港である。港の南と北から太平洋に防波堤が延び、港の中央部に港湾施設がある。近年防波堤内の一部が埋め立てられ、浦河町役場をはじめ各種施設や建物が並んでいる。

17 8月テーマ
ロケ駅の明日萌駅(あしもい)

(2014・8・22)

ロケ駅の　広場に咲くや　秋桜

　明日萌駅はNHKの連続テレビ小説「すずらん」の舞台になった架空の駅である。そのロケ地として留萌本線恵比島駅が選ばれ、ロケ駅の建物と本来の車掌車改造駅舎を板張りにしたものが並んでいる。訪れた時には駅舎前にコスモスが咲いていた。

2015年

コスモスや右から左駅名(えきな)読む

ロケ駅として造られた明日萌駅の看板が、駅正面玄関の上にある看板は昔風に右から左の表記である。これに対しホーム側にある看板は現代風に左から右になっていて英語名も併記されている。ドラマの都合上でこうした造りになったのだろうか。

18 8月テーマ
便所の表示の恵比島駅

(2014・8・22)

人形の 主人公居て ロケ駅舎

> ロケが行われた明日萌駅舎内にはドラマに登場する駅長の人形と、駅長に拾われて育てられた主人公「萌」の人形が置かれている。着物姿の萌は窓の外を見ている。人形がリアルで、一人でこの駅舎を訪れたのなら少し不気味な感じになりそうだ。

2015年

(2014・8・22)

ロケ駅の　隣の小屋が　真駅舎

明日萌駅舎からホームに出てみる。駅舎には明日萌駅の大きな看板があり、小屋然とした恵比島駅舎の方には「便所」の看板が見える。ロケの都合でこうしたのだろう。ホームを棒線が突き抜ける。列車の到着時刻になれば乗降客の姿もあるのだろう。

19 9月テーマ
廃駅の運命の新十津川駅

(2012・9・22)

予想せぬ　歓迎太鼓　駅園児

　札沼線の終着駅新十津川駅で列車を降りると、園児たちが太鼓と踊りで迎えてくれる。駅に隣接する空知中央病院の保育所の園児たちである。これは予想もしなかった歓迎で、パノラマ写真撮影に熱が入る。列車は折返し運転であわただしい。

2015年

(2017・7・5)

折り返す 最終列車 二重撮り

　新十津川駅の上空で、「全国で一番早い最終列車」の惹句の列車が到着するところを空撮パノラマ写真に撮る。自分の機体が不調で、同行のM教授が飛ばしたドローンを拝借し、列車が駅に進入してくるところと停車したところを二重撮りにする。

20 9月テーマ
記憶に残る新十津川駅

(2017・7・5)

列車去り　駅舎の壁に　写真貼る

　札沼線の終点の新十津川駅に行き、駅舎の壁にパノラマ写真を貼る。駅舎の壁はスペースが充分でないので、浦臼駅から新十津川駅の各駅のパノラマ写真や爪句と駅の説明を展示用にまとめている。印刷や展示の口利きはM教授の働きで実現する。

2015年

(2018・6・24)

思い出す 写真展示の 駅舎なり

廃駅の運命にある札沼線新十津川駅が大通公園に出現する。花フェスタで行われているガーデニングコンテストの出品作品である。新十津川農業高校が同駅舎のモデルを中心に花園を構成した。同駅舎内に展示した我が写真はどうなっただろうか。

21 10月テーマ
ロケ駅の幌舞駅

(2014・9・6)

母屋貸し　幾寅(いくとら)駅名　身をすくめ

幾寅駅でロケが行われた映画は「鉄道員（ぽっぽや）」で、改装した駅舎が「幌舞駅」として映し出される。駅舎の入口正面には「幌舞駅」の大きな看板が掲げられている。本来の駅名は駅舎の建物の壁の端のところに小さく取り付けられている。

2015年

(2014・9・6)

健さんの 駅長霊居て 無人駅

幌舞駅を舞台にした浅田次郎原作の映画では、高倉健演じる駅長が、広末涼子演じる、幼くして病死し年頃の娘に成長した霊と再会。その後ホームで殉職する。駅舎内に高倉健の大きなポスターが貼られている。その健さんは2014年に亡くなった。

22 10月テーマ
高倉健のサインのある駅舎

(2014・9・6)

健さんの 性格見せて サインかな

> ロケ駅「幌舞駅」の一部が、映画のスチール写真とスタッフの自筆サインの展示コーナーになっている。高倉健と広末涼子が演じるシーンの写真もある。高倉健のサインは読める字で、伸ばす画の部分は伸ばし、サインに性格が出ているのかと思う。

2015年

(2014・9・6)

幾寅と 幌舞(ほろまい)名見る ホームなか

幾寅駅とは変わった駅名である。アイヌ語の「ユク・トラシ・ベツ」(鹿の上る川)に漢字を当てはめたといわれている。駅のホームに立つと駅舎が低い所にあり、駅舎正面には「ようこそ幌舞駅へ」の看板が見える。名所案内にかなやま湖とある。

23 11月テーマ
日本最北端駅の稚内駅

(2012・9・17)

ホームには 最北端の 列車止め

稚内駅は日本最北端の駅ということで、駅に降りるだけの目的で鉄道ファンが訪れる。ホームから改札口の通路入口に看板があり、北緯45度25分03秒の数字が見える。ホームは1面1線でこの先に線路は無く、ホームから線路の終端が見える。

2015年

(2012・9・17)

新駅舎　鐘持つ人や　カネポッポ

　現稚内駅舎「キタカラ」は４代目駅舎で、2012年に全面開業した。ガラス張りのホールで旅行客が列車を待っている。ホールには流政之の彫刻「KANE POPPO」が新しく設置された。彫刻の人物がロシアから寄贈された「サハリンの鐘」を持っている。

24 11月テーマ
稚内駅周辺

(2012・9・17)

北帰行　ここが終わりか　列車止め

　線路の列車止めを目にすると、終着駅であることを実感する。稚内駅の列車止めはホームの線路の終端と、さらに線路が駅舎を貫いて、駅前広場にある。日本最北端の駅に降りた客は、列車止めのある広場から稚内港北防波堤ドームに歩いて行く。

2015年

(2017・8・28)

駅近く 路面に並ぶ 兄弟犬

稚内駅近くの道路にマンホールがあり、蓋絵に南極犬タロとジロが描かれている。この二匹の樺太犬は1年間南極で生き延び奇跡の生還を果たした。蓋絵には他に利尻富士と夕日、北防波堤のドームが描かれている。ドームは駅から歩いて行ける。

25 12月テーマ
廃駅予定の竜飛海底駅

(2013・10・4)

この場所は 海底下なり 記録撮り

竜飛海底駅は1988年青函トンネル開通で設置された駅で、2014年に廃止され、竜飛定点となる。廃止前は見学希望者が多く、何とか海底駅までの切符を入手して、見学ツアーに参加する。海面下135mの駅施設を案内されて歩き、記録にと写真を撮る。

2015年

(2013・10・4)

地の果てで　風車回りて　竜飛岬

竜飛海底駅から竜飛駅斜坑線のケーブルカーで地上にある青函トンネル記念館に行く。館内で青函トンネルの工事に関する展示を見て外に出る。大きな看板があり「青函トンネル本州方基地竜飛」の文字が目に入る。丘の上では発電用風車が回る。

26 12月テーマ
新聞を賑わせた海底駅

(2013・10・4)

聖地駅
無くなる前の
詣でなり

朝刊を広げると「竜飛海底駅大モテ」の見出しの記事が目に入る。11月10日の同駅の閉鎖を前に全国から鉄道ファンがこの「聖地」に押しかけている。しかし、函館駅と青森駅から1日1便各40名定員では、1ヶ月前発売の切符も入手し難い。

2015年

(2013・10・4)

これ最後海底駅に満つ万感

夕刊に昨日、竜飛海底駅の最後の見学ツアーが行われた記事が出ている。臨時ツアーで定員を増やした160人に対し、全国から5061人の応募があったと記事にある。約1ヶ月前の10月4日にこの海底駅ツアーに参加してパノラマ写真を撮っている。

27 表紙　パノラマ写真で記憶する北海道の鉄道

(2014・10・19)

見納めの　姿暦に　ニセコ号

SLニセコ号は2000年から2014年まで運行されたSL牽引による列車で、札幌駅－蘭越駅(当初ニセコ駅)間を走った。2016年のカレンダーはその前年までに撮影した写真が使われていて、2014年のニセコ号最後の年のパノラマ写真を何点か採用した。

2016年

廃駅が 進み暦が 記憶帳

北海道の廃線、廃駅の進行はすさまじい。2016年のカレンダーは「パノラマ写真で記憶する北海道の鉄道」で、カレンダー写真として採用した10駅のうち4駅が無くなった。増毛駅、瀬越駅、上白滝駅、金華駅で、本当に記憶にしか残らなくなった。

28 表紙テーマ
札幌駅始発のSLニセコ号

(2014・10・19)

牽引車(けんいんしゃ) 欠けた車体が 写りたり

> SLニセコ号は札幌駅から小樽駅まではディーゼル機関車が牽引した。札幌駅に進入してくるニセコ号をパノラマ写真に収めようとすると、先頭のディーゼル機関車の一部が欠けてしまう。SLが主役なのでディーゼル機関車が欠けても気にしない。

2016年

(2014・10・26)

SLを 空地で撮りて ほしみ駅

ほしみ駅から札幌駅寄りの所で函館本線は小川を横切る。小川の横の線路際に空地があり、札幌駅を出発したSLニセコ号の写真を撮ろうと空地で待ち構える。ディーゼル機関車に牽引されて通過するSLを何枚か撮り周囲の風景写真と繋ぎ合わせる。

29 1月テーマ
引退前の列車の追っかけ

(2015・2・22)

撮り鉄が　並び見下ろす　大カーブ

　2015年は翌年の北海道新幹線開業を控えて北斗星、トワイライトエクスプレス、カシオペアが定期運行を終えた。鉄道ファンによるこれらの列車の追っかけも盛んになった。礼文駅近くの大カーブを見下ろす場所で撮り鉄が列車の来るのを待っている。

2016年

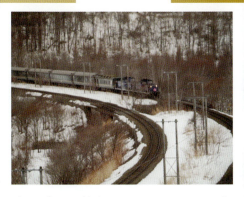

客の寝る 特急現れ シャッター音

　礼文駅近くの大カーブで待っていると寝台特急が姿を現す。かすかに写っている列車のピンク色のヘッドマークからトワイライトエクスプレスとわかる。特急が通過して行くのが朝の7時20分なので、列車の客の大半は未だ起きてはいないだろう。

30 1月テーマ
引退の迫る北斗星

(2015・2・22)

北斗星　ここで待ちたり　雪野原

> 列車撮影ではどこでカメラを構えたら良い構図の写真が撮れるか下見を行う。長万部駅と静狩駅の中間で、国道37号（静狩国道）と室蘭本線が並んでいる場所に車を停めて撮影場所の品定めをする。建物は目に入らず線路沿いの雪野原が続いている。

2016年

(2015・2・22)

パノラマに　上手く収まり　北斗星

　全球パノラマ写真は走行する列車と周囲の景観を別々に撮影してつなぎ合わせる。動かない周囲の景色は何度でも撮れるが、走り去る列車をパノラマ写真の部分として撮るのに失敗すれば、全体の写真が得られない。神経を使う撮影作業である。

31 2月テーマ
宇宙軒カーブでの撮影

(2015・2・21)

撮り鉄が 集まりて待つ 列車かな

　列車の撮り鉄に良く知られた撮影スポットに「宇宙軒カーブ」がある。室蘭本線有珠駅から国道37号を北に進み、宇宙軒ラーメン有珠店を見て東に折れ、室蘭本線を越えすぐ北に延びる小道を上っていくと着く。早朝から撮り鉄達が集まっている。

2016年

(2015・2・21)

二両車は 撮影練習 カーブかな

　撮り鉄はカーブとか鉄橋、トンネルといった場所を撮影スポットに選ぶ。宇宙軒カーブは下り列車がこちらに正面を向け、大きく蛇行してくる様が絵になる。2両の普通列車では蛇行の様子が伝わらないのでこれは練習用に撮り、車両の多い列車を狙う。

32 2月テーマ
見納めのカシオペア

(2015・2・21)

パノラマで　苦心の撮影　カシオペア

　カシオペアは上野駅と札幌駅を結ぶ特急寝台列車である。12両編成にもなると宇宙軒カーブで撮影すれば、機関車が目の前を通過しても最後尾はカーブにかかっていて全体がパノラマ写真に収まらない。カシオペアは2016年3月で運行を終了した。

2016年

春分や 時代を分けて カシオペア

車内の不審物情報で、上野発のカシオペアが遅れているとラジオのニュース。北海道新幹線の運行に伴って廃止されるカシオペアは、札幌から折り返してラストラン。札幌駅にカシオペアの最後の姿を撮りに行く。鉄道ファンがホームを埋める。

33 3月テーマ
引退を控えた寝台特急

(2014・10・5)

乗客は　目覚めおりてや　寝台車

　朝、静狩駅のホームで待ち構え、通過していくトワイライトエクスプレスの全球パノラマ写真撮影を行う。この特急寝台列車は札幌―大阪の約1500kmをつなぐ日本一の長距離旅客列車で、運行の鉄道会社は北海道、東日本、西日本の３社にまたがる。

2016年

(2014・10・5)

我が影が　静狩駅で　特急待ち

　トワイライトエクスプレスの通過を撮るため、早朝室蘭本線の静狩駅に出向く。特急が来るまでの時間、駅舎内の写真を撮る。殺風景な駅舎内に人影は無い。窓から差す朝日で、パノラマ写真を撮っている自分の影が、列車待ちの客となっている。

34 3月テーマ
最終日を迎えた寝台特急

(2012・10・20)

引退の　特急赤電　並び居り

　登別駅は登別温泉の最寄り駅で、トワイライトエクスプレス号が停車する。この長い特急列車が停車中は、島式のホームから見ると駅舎は完全に隠れる。ホームの反対側には赤い電車が停車中で、この電車も特急同様2015年3月で現役を引退した。

2016年

(2015・3・13)

見納めと　ホームに人列　カメラ列

　711系赤電車、トワイライトエクスプレス、北斗星とどれも本日が最終営業運転である。これらの引退列車を写真や映像で残そうと、ホームは人だかりである。豪華特急寝台車のトワイライトエクスプレスがホームに進入して来て最後の姿を見せる。

35 4月テーマ
廃駅となった増毛駅

(2014・8・22)

駅舎壁　終着駅と　増毛駅

増毛駅は留萌本線の終着駅であった。終着駅で、高倉健主演の映画「駅―STATION」のロケ駅でもあった事から鉄道ファンが訪れた。駅舎の壁には留萌本線終着駅の看板がある。留萌本線は留萌駅―増毛駅間が2016年12月5日に廃線で廃駅となった。

2016年

(2014・8・22)

客の居ぬ 風待食堂 記録撮り

　映画「駅」に使われた「風待食堂」は観光客相手の土産物店に模様替え。壁には映画のスチール写真が貼られている。店員が一人だけで、客の居ない時にパノラマ写真を撮る。増毛駅の廃駅が近づくと、店内は訪問客で混雑して写真撮影が困難だった。

36 4月テーマ
最終営業日の増毛駅

(2014・8・22)

朝刊は 廃線記事で 埋まりたり

　最近は道内JRの廃線に関する新聞記事が目につく。今日も廃止予定の留萌本線を始め、赤字路線に関する記事が紙面を埋めている。留萌線は鉄道ファンが殺到で、皮肉な賑わいとある。昨年取材した増毛駅のパノラマ写真を合成して記事と重ねる。

2016年

過る客 消して暦絵 記念撮り

先の日曜日に最後の営業となる増毛駅に行って撮影したパノラマ写真の合成を行う。「風待食堂」店内は記念品を買う客や写真を撮る人でごった返しで、その中でパノラマ写真撮影。運んだ自家製カレンダーがパノラマ写真に残るように処理する。

37 5月テーマ
廃駅となった上白滝駅

(2014・6・20)

今は無き　上白滝の　駅舎なり

　旭川駅から網走駅までの石北本線に白滝の名前のつく4駅が並んでいた。上白滝、白滝、旧白滝、下白滝である。このうち白滝駅を除いた他の3駅は利用客減で、2016年3月に廃駅となる。現役の駅舎前に松の木があってパノラマ写真に写っている。

2016年

(2014・6・20)

秘境駅 一往復の 時刻表

　上白滝駅を訪れる鉄道ファンにはある目的がある。それは一日一往復の時刻表を確かめ、写真に撮る事である。パノラマ写真にはこの時刻表が写っているけれど、拡大しても読み取れない。朝7時台に網走に行く列車と夕方5時台の旭川行きである。

38 5月テーマ
爪句集に載せた白滝三駅

廃駅を 写真で残し 爪句集

(2014・6・20)

「爪句＠北海道の駅　石北本線・宗谷本線」を2016年2月に出版した。出版時には上白滝は未だ現役駅であったが、翌月の3月には廃駅となってしまった。乗客として利用はしなかったけれど、爪句集やカレンダーでは利用させてもらった駅である。

2016年

(2014・6・20)

白滝の名の付く三駅(みえき)廃止なり

朝刊を開くと第2面にJR駅の廃止記事である。来年3月に向けて、遠軽町にある石北本線の上白滝駅、旧白滝駅、下白滝駅の三駅を廃止する旨JRから町に伝えられたとある。三駅のパノラマ写真をPC画面に表示し、取材時の記憶を呼び起こす。

39 6月テーマ
小樽駅のSLニセコ号

(2014・10・19)

SLは　正面見せて　小樽駅

　札幌駅から小樽駅までディーゼル機関車で牽引されてきたSLニセコ号は、小樽駅で先頭の機関車となる。ディーゼル機関車は後方に回り、後押し態勢となる。先頭になるとSLの型式C11 207とニセコ号のエンブレムが見える。ホームを見物客が埋める。

2016年

(2014・10・19)

SLと　気動車並ぶ　ホームかな

　SLの魅力の一つは煙を吐く様にある。小樽駅に停車中のSLが黒煙を吐く。SLを撮りに来た鉄道ファンに対するサービスだろう。このチャンスを生かしパノラマ写真に撮ると、停車中の気動車の普通列車も写り、過去と現在の列車の対比が面白い。

40 6月テーマ
SLニセコ号車内

(2014・10・19)

SLで 車内行楽 紅葉(もみじ)見え

　小樽駅で停車中のSLの中でパノラマ写真を撮ってみる。SLが通過する仁木町と共和町の旗が目に付く。季節柄紅葉の飾りがある。ダルマストーブも設置されているけれど使われていない。これはSLクリスマス号の時に石炭が燃やされるのだろう。

2016年

小樽から
出番の勝どき
黒煙り

行楽日和である。札幌駅でSLニセコ号を撮ってから小樽駅に別列車で移動。札幌から牽引したディーゼル機関車は小樽駅で切り離され、SLが先頭になり蘭越駅に向かって出発するところである。ホームは乗客や写真を撮る鉄道ファンで溢れた。

41 7月テーマ
SLニセコ号の追っかけ

(2014・10・4)

笹薮や　過ぎるSL　撮る一瞬

　SLニセコ号を全球パノラマ写真として撮ろうとしても、撮影スポットは撮影者が鈴生りでSLが写せない。小沢駅から上り方向の共和町ふれあいセンターの線路脇の笹薮の中でカメラを構え、やって来るニセコ号をどうにかパノラマ写真に撮り込む。

2016年

(2014・10・4)

SLに 煙の欲しき 写真なり

　SLニセコ号を、函館本線小沢駅の上り方向にある陸橋の下で待ち構えて撮る。通過して行くSLを撮影し、全球写真の一部として埋め込む。撮影は上手くいったのだが、SLが煙を吐いていないので、躍動感が削がれてしまった。少々残念である。

42 7月テーマ
苦心のSLニセコ号撮り

(2014・10・4)

SLは 逆機態勢 ホーム撮り

　SLは転車台がなければ方向転換ができない。SLニセコ号は小樽駅発の上り方向では正方向を、戻りの下り時には逆機態勢となる。倶知安駅でのニセコ号は逆機態勢になっている。SLの反対側にはディーゼル機関車が接続し牽引したり押したりする。

2016年

(2014・10・4)

羊蹄の　裾野に重ね　SL撮り

　撮り鉄は走行する列車とバックの景観の組み合わせの選択に細心の注意を払う。SLニセコ号の写真にニセコ周辺の景観として羊蹄山が入れば申し分ない。道道631号が函館本線と尻別川を跨ぐところの橋の上にはSLを撮影する撮り鉄の姿があった。

43 8月テーマ
廃駅になった瀬越駅

(2014・8・22)

瀬越駅　小屋ひっそりと　待合所

　留萌本線は留萌駅から南下して増毛駅に向かう。留萌駅を出て海岸線沿いの最初の駅が瀬越駅となる。駅から見下ろす海岸は海水浴場になっていて、瀬越駅の出自はこの海水浴場への臨時駅である。一般駅になってホームには小さな待合所がある。

2016年

(2014・8・22)

パノラマに　列車も見えて　瀬越浜

　シーズンになると瀬越駅近くの広場にはテントが並び、海遊びを楽しむ人の姿がある。ビーチの波消し施設のところでパノラマ写真を撮ると、丁度瀬越駅に停車した列車が写る。この路線で2両連結の列車は珍しい。客がそれだけ居るのだろう。

44 8月テーマ
海岸に近い瀬越駅

(2014・8・22)

廃路線　列車景消え　瀬越駅

　瀬越駅を通過するワンマン列車を待ってパノラマ写真に撮り込む。写真を拡大してみると乗客が辛うじて見える。利用客が少ない事から2016年に留萌駅と増毛駅間の路線が廃止された。それに伴って瀬越駅も廃止され、列車の走る風景も消えた。

2016年

(2014・8・22)

線路横　夕日が落ちて　瀬越駅

北海道の市町村のマンホールの蓋絵の写真を撮り、爪句集を出版した。マンホールは市街地にあるけれど、留萌市のものは、傍に人家の無い瀬越駅の線路沿いの道にあったのは意外だった。蓋絵には陽の落ちる留萌の海岸がデザインされている。

45 9月テーマ
廃屋地区の金華(かねはな)駅

(2012・10・6)

廃屋を　見る道の先　駅舎在り

石北本線と国道242号（置戸国道）に挟まれるように北見市留辺蘂町金華地区がある。国道から東方向へ折れる道があり、道の先に金華駅がある。過疎化が進み駅への両側には廃屋が並ぶ。金華駅も2016年3月には廃駅となり金華信号所となった。

2016年

(2012・10・6)

落書きと　ペンキ消し跡　駅舎壁

　金華駅舎内は壁にコの字型の造り付け木製ベンチ、プラスチック製固定椅子、荷置台があるだけでガランとした空間になっている。トイレの設備が無い事を伝える貼り紙に駅ノートが吊り下げられている。壁に訪問者の落書きがあるのが見える。

46 9月テーマ
金華駅から行く追悼碑

(2012・10・6)

客の無き　折り返し列車　小休止

　乗降客がほとんど居ない金華駅まで来て折り返す列車がある。金華駅と留辺蘂駅間に西留辺蘂駅が開業し、開業駅に列車の折り返し設備が無かった。そこで設備がある金華駅まで運行し、折り返す便ができた。乗車した折り返し列車を撮影する。

2016年

(2012・10・6)

石北線　見下ろす丘に　追悼碑

　金華駅から国道242号に出て、北に少し歩いて西側の小高いところに常紋トンネル工事殉職者追悼碑がある。トンネルは石北本線の金華駅と生田原駅間にあり、タコ部屋労働により建設された。追悼碑のある場所は旧金華小学校の跡地でその碑もある。

47 10月テーマ
旧駅舎の比布駅

(2013・8・13)

旧駅舎 いちごトイレも 記憶景

　比布の町名はアイヌ語の「ピピペッ」(石が重なっている・川)の転訛説がある。半濁音の町名は珍しい。旧駅舎はピンク色の壁で、駅舎と並んで特産品のイチゴがデザインされたトイレがあった。2016年に新駅舎が完成、いちごトイレも撤去された。

2016年

(2013・8・13)

駅名の　知名度上げて　エレキバン

　比布駅は磁気治療器ピップエレキバンのテレビCMで全国的に知られた。2015年に同駅舎を建て替えるニュースが流れ、前記CMに出演した樹木希林の名残を惜しむコメントが新聞やテレビで報道された。ホームの駅名標から両隣の駅は北と南比布と知る。

48 10月テーマ
列車交換のある比布駅

(2013・8・13)

駅舎内　殺風景無視　スマホ見る

　比布駅舎内は冬季に使われる石油ストーブがあり、椅子が並んでいる他に見るべき調度や設備が無い。壁にはポスターや写真が貼られているけれど、殺風景な空間があるだけだ。列車を待つ客が、この空間を無視するようにスマホに見入っている。

2016年

(2013・8・13)

待機して 列車交換 撮り得たり

宗谷本線比布駅は対面のホームが2面あり、ホーム間に跨線橋がある。列車交換が行われる駅であり、一方のホームに列車が停まっているのを見て他方のホームに来る列車を待つ。上り、下りの列車が重なったところをホームでパノラマ写真に撮る。

49 11月テーマ
親しまれた赤電車711系

(2013・6・23)

　捜し出す　写真に雄姿　赤電車

　滝川駅は根室本線の西端駅で、滝川駅から443.8kmの先に終着根室駅がある。支線を含めなければ根室本線はJR北海道の最長路線である。同駅のホームでパノラマ写真を撮る。意図した訳ではなかったけれど、引退する事になっていた赤電車が写る。

2016年

チャリ鉄で　愛車下ろせば　赤電車

　チャリ鉄と称して自転車を列車でお目当ての駅まで運び、そこからサイクリングに切り換える。帰りはまた列車を利用する小旅行を時々行った。滝川駅までは赤電車で、自転車を運ぶグループと一緒に下りる。その後新十津川に自転車を走らせた。

50 11月テーマ
最後の日の赤電車

(2015・3・13)

赤電車　人群がりて　引退日

　2015年3月13日、赤電車で知られた711系が朝、岩見沢駅を出発し札幌駅に着いて営業運転を終えた。報道陣のカメラや鉄道ファンらが札幌駅ホームに溢れている。その中でパノラマ撮影は無理なので、別のホームから最後の赤電車を撮る。

2016年

「さよなら」と 挨拶しながら 回送車

　営業運転を終え、回送となった赤電車との名残を惜しむ鉄道ファンがホームで盛んに写真を撮っている。車体の正面に「さよなら　711系」のプレートが見える。この日のために製作し車体に取り付けたものだろう。ご苦労さん、の言葉が頭を過る。

51 12月テーマ
知名度のある秘境駅小幌駅

(2012・11・25)

円空の 観音ありと 窟小祠

秘境駅の小幌駅に歩いて行くため、国道37号の豊浦町礼文華トンネルの近くに車を停め、沢道を海岸に降りる。海岸に洞窟があり小祠に岩屋観音が祀られている。「1666年僧円空がこの洞窟で仏像を彫って安置した」と看板に説明がある。

2016年

(2012・11・25)

上下線　トンネル迫り　秘境駅

　小幌駅が名だたる秘境駅であるのは、長いトンネルに挟まれ、トンネル間の狭い場所に駅があることによる。駅につながる車の通る道路は無く、沢道を降り登って駅に出る。ホームに立つと、下り方向に礼文華山、上り方向に幌内の両トンネルが見える。

52 12月テーマ
存続している小幌駅

(2012・11・25)

撮り鉄は　カメラ構えて　準備なり

　小幌駅は、道内はもとより本州からも鉄道ファンがやって来る。写真を撮るのが目的の撮り鉄ならば駅の両側のトンネルから列車が現れるのを待つ。ほとんどの列車は駅に停車せず、トンネルから現れ瞬時にホームを通過してまたトンネルに隠れる。

2016年

(2012・11・25)

駅名標 1年毎の 命なり

小幌駅は廃駅の検討対象になった。これに対して、小幌駅のある豊浦町が秘境駅の観光資源を存続させようとした。費用・人的支援を提供することで、2015年から1年毎に駅存続の更新を行っている。両隣の駅名が記載された駅名標が生き延びる。

53 表紙　パノラマ写真で見る駅と列車の風景

(2016・8・12)

崖の下　行く列車撮り　恵比須島

　小樽市張碓の集落は海岸より高い場所にある。岸から海に突き出た恵比須島があるけれど、集落からは見下ろせない。海に向かう道路の行き止まりでドローンを上げ、恵比須島を撮影する。函館本線を行く列車が恵比須島を通過するのが写る。

2017年

(2017・10・8)

警笛の　耳に響きて　恵比須島

　恵比須島を利用した船着き場があり、小舟を陸に引き上げる船揚場も見える。海に突き出た防波堤からドローンを上げ、空から恵比須島の空撮を行う。船揚場と函館本線の間に漁業関係者の利用する小屋が並び、警笛を鳴らし列車が通過して行く。

54 1月テーマ
釧路駅発SL冬の湿原号

(2014・1・25)

漫画キャラ　ホーム舞台に　立ち回り

　SL冬の湿原号撮影の取材開始は釧路駅からで、駅ホームに出てみる。ルパン三世のキャラクターが描かれた列車が停車中である。この漫画の作家モンキー・パンチ氏が浜中町出身であることから、同町を走る列車に漫画の登場人物が描かれている。

2017年

(2014・1・26)

SLを 狙う人撮り 塘路川

SL 冬の湿原号が釧路駅を出発して釧網本線を北上して行くと、鉄道ファンによる追っかけが始まる。撮り鉄組は撮影スポットを決めてSLの通過を待つ。塘路川の鉄橋を渡るところを歩道橋から狙って撮る。その様子を全球パノラマ写真に収めてみる。

55 1月テーマ
釧路に戻った重連のSL

雪の中　ホーム埋めたり　カメラ列

　雪の降る中、釧路駅に戻ってきたSL冬の湿原号をカメラに納めようとホームに鉄道ファンが詰めかける。この人混みの中でパノラマ写真撮影は難しい。ここは普通にスチール写真撮影である。SL正面の飾りは赤地に白いタンチョウの飛び姿である。

2017年

(2014・1・26)

重連の SL列車 撮り納め

　北海道新幹線開業準備のため、道央、道南のSL臨時列車は2014年で廃止された。道東で唯一残ったのがSL冬の湿原号である。2014年はSLが二台連結した最後の重連であった。朝釧路駅を出発し、摩周駅で石炭と水を補給して夜釧路駅に戻ってきた。

56 2月テーマ
回文駅名の瀬戸瀬駅

(2014・6・20)

駅舎壁　回文駅名　瀬戸瀬なり

　石北本線瀬戸瀬駅は遠軽町瀬戸瀬西町にあり、国道333号（遠軽国道）から南に折れる道の突き当りにある。箱型の駅舎の玄関部分が三角形の流れ屋根である。壁に駅名があり、漢字でも読みでも回文になっていて、北海道では唯一の回文駅である。

2017年

(2014・6・20)

跨線橋 現役でおり 瀬戸瀬駅

> 瀬戸瀬駅は対面式のホームが２面あり、ホーム間に跨線橋がある。２面のホームを利用し、駅構内で上り線と下り線が分離され、列車交換のできる駅の構造になっている。ただ、同駅で停車する便数は少なく、2016年からは２往復のみの停車となる。

57 2月テーマ
瀬戸瀬で折り返す列車

(2014・6・20)

町内で 折り返す列車 停まりたり

　瀬戸瀬駅に停車した列車のパノラマ写真を撮る。車体に取り付けられたプレートを見ると、遠軽－白滝となっている。白滝駅は2005年に合併で遠軽町の一部になっていて、同じ町内で折り返し列車が運行されている。大都会でも珍しい運行例だろう。

2017年

ルピナスが　列車見送り　瀬戸瀬駅

　一両のワンマン列車が駅を離れて行く。列車のライトが光っていないので、遠ざかる列車だとわかる。白滝駅方向に向かい、次は丸瀬布駅である。線路脇にルピナスが咲いている。植えられたものではなく、種が飛んできて育ったものに見える。

58 3月テーマ
列車交換のある野花南駅

(2014・9・21)

待機して 列車交換 写したり

根室本線野花南駅は列車交換ができる駅である。列車交換のため上りと下り線に千鳥式のホームが設けられている。列車を降りて上下の線路に列車が揃うのを待ってパノラマ写真を撮る。全球パノラマ写真を回転すると、別の列車が見える。

2017年

野花南は　響き良き名で　列車行き

> 野花南はアイヌ語の「ノッカ　アン」(仕掛け弓のさわり糸のある所)への当て字説が有力で、意味はともかく響きの良い地名である。駅舎と重ねて隣駅の上芦別駅に向かうワンマン列車を撮る。反対方向にあった島ノ下駅は2017年に廃止された。

59 3月テーマ
殺風景が客の野花南駅

(2014・9・21)

兄弟の　駅舎呑み込む　廃止波

　野花南駅舎は隣駅の上芦別駅と、廃駅で信号所になった旧島ノ下駅の駅舎と同じ形である。駅舎横に大正2年11月に建立された「国鉄開通記念碑」が野花南町開基百年事業として修復されて置かれている。敷設された鉄道が縮小する時代に入っている。

2017年

(2014・9・21)

駅舎内 殺風景が 椅子を占め

　野花南駅舎を覗いてみる。カーテンのかかった切符売場があり、かつて有人駅であった名残である。時刻表と運賃表が壁にあり、駅である最低の要件を満たしている。椅子が窓際に4脚ずつある他は何もない空間だけで、殺風景が椅子を占領している。

60 4月テーマ
ほしみ駅を行く列車空撮

(2016・8・13)

市境(しざかい)を 越える列車や ほしみ駅

　JRほしみ駅は札幌市と小樽市の境界にあり、駅は札幌市側にある。ほしみ駅を離れて行く列車を空撮写真に収めると、列車の中央辺りに両市の境界線が走っている。全球パノラマ写真には、札幌市の手稲山や銭函の海、さらに小樽の海と港が写る。

2017年

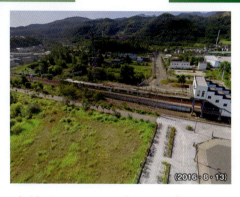

(2016・8・13)

空撮後　処理して気づく　車両欠け

空撮パノラマ写真は多数枚の写真を貼り合わせて全体の写真を合成する。各部分の写真撮影に時間を要し、列車のように動く物体を一回で撮影できない時がある。すると列車の一部が欠けた写真になる。ほしみ駅に進入してくる列車が欠けて写る。

61 4月テーマ
秋のほしみ駅

(2014・10・26)

行く列車　全球写真　撮り得たり

> ほしみ駅のすぐ東側を星置川が流れている。この星置川に架かる鉄橋を渡る直前の列車をパノラマ写真に撮る。カメラの前を通過していく列車を何枚か撮り、周囲の写真とつなぎ合わせて1枚の全球パノラマ写真にする。どうにか全球写真となる。

2017年

(2014・10・26)

大都会 外れの緑地 秋進む

　ほしみ駅の北側に星置緑地が広がっている。春には桜花が見応えがあり、秋には黄葉が楽しめる。この緑地でパノラマ写真を撮ると、ほしみ駅の特徴ある跨線橋も写る。ほしみ駅に続く道の両側にイチョウ並木があり、秋が深まると黄葉が道路に散る。

62 5月テーマ
北海道遺産SL雨宮21号

(2015・9・12)

雨宮号　今は人乗せ　走るなり

遠軽町と合併した丸瀬布町にある森林公園いこいの森にSLが動体保存されていて、観光に一役買っている。SLは雨宮21号で、武利森林鉄道で木材を運んでいた。現在は園内に敷設された線路の上を、客を乗せて走る。北海道遺産に指定されている。

2017年

(2015・9・12)

SLの　シンプル顔に　21

　森林いこいの森を走る雨宮21号を踏切のところで待つ。公園内ではSLを撮る鉄ちゃんの姿は見当たらず、踏切の好きな場所を占有して撮る。SLの正面には通し番号の附番21の文字だけで、その外に文字も無く、随分シンプルなデザインである。

63 5月テーマ
雨宮21号の格納庫

(2015・9・11)

格納庫 形式図中 価格あり

　雨宮21号の格納庫があり、扉が開いている。中を覗くと雨宮21号機関車形式図が壁に掛かっている。SLの寸法や諸元が記載されている。購入価格もあって8600円とある。現在の金額に換算したらいくらになるか計算できず、見当がつかない。

2017年

(2015・9・11)

処理写真　回転拡大　蝶探し

　森林公園いこいの森には昆虫生態館がある。施設内の温室内で1年を通して蝶が飛び回る蝶の広場がある。全球パノラマ写真で蝶を撮影するのは難しいと思われたが、試しに撮ってみる。合成した写真で探してみると、蝶は4頭ほど写っている。

64 6月テーマ
富良野線のノロッコ号

(2013・6・23)

ラベンダー　花は咲かずに　臨時駅

　天気の良い日曜日で、久しぶりの「チャリ鉄」である。一日散歩切符で普通列車に自転車を乗せ富良野駅で降りる。ここから上富良野駅まで走る。途中、夏季だけの「ラベンダー畑臨時駅」で、やって来た「ノロッコ号」のパノラマ写真撮影となる。

2017年

(2013・6・23)

ノロッコ号 写真でつなぐ 難作業

　全球パノラマ写真だとホームに立って列車の全景を撮影する事ができる。ただ、狭いホームで長い列車を撮ると、部分的に撮った列車をつなぎ合わせる作業が難しくなる場合がある。列車の方が上手くつながっても、他の部分にずれが出たりする。

65 6月テーマ
ノロッコ号の追っかけ

(2013・6・23)

ノロッコ号　撮る客の居て　上富良野

　上富良野駅のホームは2面2線で、跨線橋がある。跨線橋を渡って駅舎の反対側ホームに立つと、ラベンダー畑駅を通って来た観光列車のノロッコ号がホームに停車しているのが目に付く。列車待ちの観光客が停車中のノロッコ号を撮影していた。

2017年

駅名標 写真に入り かみふらの

富良野駅からノロッコ号に乗った観光客は、上富良野駅で降りて時間と相談し、美瑛駅に行くか富良野駅に戻るかを検討する。ノロッコ号を撮る目的の撮り鉄も、跨線橋のあるこの駅でカメラを構える。やって来たノロッコ号を対面ホームから撮る。

66 7月テーマ
占冠駅を通過する特急

(2016・8・7)

走り去る 特急写りて 占冠

石勝線占冠駅前の広場からドローンを飛ばし、駅を通過する特急を待って空から撮る。下りの「特急スーパーおおぞら号」が駅を離れ、トマム駅方向に去って行く。下りと上りの両方向にポイントを降雪・積雪から守るシェルターの屋根が写る。

2017年

空撮や 一枚に撮る 列車かな

空撮で全球パノラマ写真を得るためには、部分毎の写真を撮り、張り合わせて全体の写真にする。列車のような動く物体は一枚の写真に撮って、張り合わせ時に問題が起きないようにする。占冠駅を通過する特急が一枚の写真で撮ることができた。

67 7月テーマ
普通列車の姿が無い占冠駅

(2016・8・7)

地面には　ドローン写りて　ヘリポート

　石勝線占冠駅は国道237号（富良野国道）沿いにある。駅と国道の間の広場には花壇があり、駅舎前は駐車場になっている。駅舎の南側に三角屋根の建物があり、占冠村物産館の看板が出ている。駅前広場のパノラマ写真を撮るとドローンも写る。

2017年

(2014・9・5)

普通列車の　走る事無く　占冠

　石勝線の新夕張駅と新得駅間は普通列車が走っていない。従って普通列車の乗車券を占冠まで買うと、占冠駅のある特急区間は普通列車の運賃で乗ることができる。普通列車適用の切符で占冠駅に降りてホームの写真を撮る。再乗車も特急となる。

68 8月テーマ
写真に残る箸別駅

鉄チャンの　並ぶ陸橋から　見下げ撮り

留萌に向かう途中、天気予報は外れて小雨となり当初予定のドローンによる空撮は断念。列車のスチール写真を撮ることになり、鉄チャンが集まっている陸橋でカメラを構える。箸別駅から増毛駅に向かう列車を陸橋上で望遠レンズを使って撮る。

2017年

(2014・8・22)

眼前に　オロロンライン　日本海

箸別の地名はアイヌ語の発音に漢字を当てはめているとしても、他に「橋」、とか「端」とかあるのに何で「箸」の字なのかと思ってしまう。木製のホームから北方向に目をやるとオロロンラインと日本海が見えてくる。隣駅は終着増毛駅である。

69 8月テーマ
廃線前の過疎化線人気

(2014・8・22)

運賃表 難読駅は 消えて無し

箸別駅の小屋然とした待合所に入ってみる。きっぷ運賃表があり留萌駅から増毛駅までの駅が表示されている。それにしてもこの区間の駅名は変わったものが多い。「礼受」、「信砂」は最初正しく読めない。この区間は廃線となり駅は今は無い。

2017年

(2016・7・17)

廃線が 人気後押し 過疎化線

　留萌本線の留萌、増毛間の路線は2016年に廃線となった。廃線前にこの線は鉄道ファンで賑わった。箸別駅に列車が進入するところを駅横の広場でパノラマ写真に撮ると列車の一部が欠けてしまう。大勢の客の顔が列車の窓にあり、こちらを見ている。

70 9月テーマ
石狩月形駅の列車交換

(2012・9・22)

2列車が　並びて狭き　ホームかな

　石狩月形駅は月形町にあるのに、駅名に石狩が冠されているのは新潟県に同音の月潟駅があったためである。札沼線で石狩当別駅から下り方面で列車交換のできる駅は当駅だけである。列車交換でホームに上りと下りのワンマン列車が並んでいる。

2017年

(2012・9・22)

スタフ待ち 列車駅員 待機なり

　新十津川駅行きの列車が石狩当別方面に戻る列車を待ってホームに停車中である。新十津川駅方面は1閉塞の区間になるため、当駅でスタフ交換が行われてから停車中の列車が出発する。スタフ交換業務を行う駅員が列車と共にホームで待機する。

71 9月テーマ
夏の石狩月形駅

(2015・6・20)

陽低く　急ぐ客あり　夏の駅

　駅舎のパノラマ写真を撮っていると、列車に乗るために急いで横切っていく客の姿がある。列車交換で停車中のどちらの列車に乗り込むのだろうか。有人駅であるけれど改札口に駅員は居らず、駅舎を通らずホームに向かう。陽は低くなっている。

2017年

(2015・6・20)

夕刻の　改札景は　消えにけり

　石狩月形駅の駅舎内を撮ったパノラマ写真の時計の針は午後6時を回っている。改札口に新十津川行と石狩当別行の改札中の札が掛かっている。2016年のダイヤ改正で、新十津川駅は午前に1往復の運転となり、この駅舎内光景はもう見られない。

72 10月テーマ
青森県のJR北海道の駅

(2013・5・23)

鉄路では　ここからここまで　北海道

　津軽今別駅は青森県にある。ホームの駅名標と並んで「ここから北海道　ここまで北海道」の案内板がある。青函トンネルを管轄するのがJR北海道なので、トンネルを出て最初の駅までは北海道の意味である。駅では北海道新幹線の工事が進んでいた。

2017年

(2013・5・23)

パノラマに　鉄道二社の　駅写り

　JR北海道の津軽海峡線の津軽今別駅にJR東日本の路線がつながる。それとは別に、JR東日本津軽線の津軽二股駅が津軽今別駅の近くにある。津軽線の踏切のところでパノラマ写真を撮ると、津軽二股駅に停車中の列車と津軽今別駅のホームが写る。

73 10月テーマ
新駅の奥津軽いまべつ駅

(2013・5・23)

荷物置き　階段長さ　確かめり

津軽海峡線津軽今別駅と津軽線津軽二股駅の間はフード付きの階段を利用して行き来する。その階段の踊り場で全球パノラマ写真を撮影する。高いところにある津軽今別駅から階段を降りると津軽二股駅となる。荷物があるとこの階段はきつい。

2017年

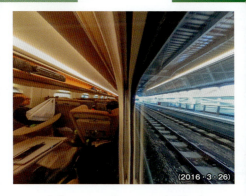

(2016・3・26)

開業日　日着記録　新幹線

　2016年3月26日は北海道新幹線の開業日。この日に合わせて指宿市の山川駅を出発し、新幹線を乗り継いで同日中に帯広駅に到達する2809キロの日着記録に挑戦。途中津軽今別駅が姿を変えた奥津軽いまべつ駅は車内からパノラマ写真を撮る。

74 11月テーマ
難読の宗谷本線筬島(おさしま)駅

(2013・8・12)

筬島は　駅名標で　読みを知る

宗谷本線の筬島駅は難読駅と言える。「筬」は織機の部品の名前でも、織機とは縁遠く見た記憶が無い。アイヌ語の発音に難しい漢字を当てはめたものである。ホームの駅名標の両隣の表記は平仮名とローマ字で、隣駅では筬島の漢字はわからない。漢字表記が出てこない。

2017年

(2013・8・12)

新旧の　列車駅舎で　エールなり

　篌島駅のホームに1両のワンマン列車が停車している。その列車と並ぶように、車掌車改造駅舎がある。列車が現役引退後、駅舎として役立っている様子は、人間社会で、最初の職場から第二の職場に移って頑張る勤め人に似ていなくもない。

75 11月テーマ
砂澤ビッキ縁の筬島駅

(2013・8・12)

ポスターに　彫刻家見え　待合所

車掌車改造の駅待合所があり、外壁は新しく塗り替えられている。待合所の内には故砂澤ビッキのポスターがある。駅近くの筬島小学校の廃校舎がこの木彫作家のアトリエ跡兼作品展示場で「アトリエ３モア」名の記念館として公開されている。

2017年

筬島や 山に分け入る 列車かな

筬島駅の住所は音威子府村大字物満内（ものまない）小字筬島で、音威子府駅から6.3kmの集落らしきものが無い所に駅がある。駅から列車が離れて行くところを撮る。名寄方面乗車口の表示が見え次の駅は音威子府である。名寄はさらに先である。

76 12月テーマ
登別駅に停車する寝台特急

(2012・10・20)

長列車　パノラマ写真　撮り納め

　トワイライトエクスプレスは札幌、大阪間を走る寝台特急列車で、2016年3月で運行を終了している。同特急は函館本線長万部駅から室蘭本線、千歳線で札幌に向かう。途中登別駅に停車中の長い列車の全体をどうにかパノラマ写真に撮り、納まる。

2017年

(2012・10・20)

重連の 機関車写す ホーム端

トワイライトエクスプレスは五稜郭と札幌の間では DD51 形ディーゼル機関車の重連で牽引する。登別駅ホームの端でこの重連の機関車を写す。機関車の正面にピンク色の円形のヘッドマークが見える。列車名の Twilight Express が表記されている。

77 12月テーマ
鬼が出迎える登別駅

(2012・10・20)

写したり　列車を飾る　エンブレム

登別駅に停車中のトワイライトエクスプレスの後部をパノラマ写真に撮る。最後部の車体に同特急のエンブレムが見える。写真から客車は9号車まで辛うじて数える事ができる。これだけの長い列車がホームに停車すると駅舎は列車で完全に隠される。

2017年

(2012・12・2)

駅舎内　鬼が迎えて　登別

　登別駅に寝台特急が停まるのは観光地登別温泉の最寄り駅であるためである。駅舎内をパノラマ写真で撮ると神棚に似せた壁飾りがあり、鬼の顔の絵が見える。登別温泉の名所に地獄谷があり、地獄の鬼のキャラクターがあちらこちらに顔を出す。

78 表紙 北海道の絶景空撮パノラマカレンダー

(2017・6・9)

解像度　保てば消える　ハート形

　近年ハートレイクとして知名度の高まっている豊似湖の空撮パノラマ写真をカレンダー表紙に採用する。パソコン画面に表示したハート形の湖の切り取り写真は解像度が低いので、解像度の高い合成展開写真を印刷するとハート形が見えなくなる。

2018年

(2017・6・9)

緑林(りょくりん)に 心臓形の 青さかな

崖と森林が湖岸に迫る豊似湖でドローンを飛ばす適当な場所を探す。湖の南に小川が流れ込むところがあり、その周囲に平なところがある。上空から撮影した全球パノラマ写真をPC画面で回転させながら、青色のハート形の最適状態に調整する。

79 表紙テーマ
ハートレイクの豊似湖

(2017・6・9)

豊似湖は　トルコ石色　水に溶け

> 湖水面の色は上空のドローンのカメラの撮影角度で変わってくる。ターコイズ（トルコ石）ブルーに見える湖面には太陽の反射で光の細かな粒が固まって浮いている。湖岸近い湖水は緑の立木の鏡像がターコイズグリーンの色を作り出している。

2018年

(2017・6・9)

ハート形　認知できずに　湖岸撮り

　豊似湖の湖岸に立って全球パノラマ写真を撮る。目線が湖面の少し上にあり、この状況ではこの湖がハート形になっているのが認知できない。ドローンを上空に上げてみて始めて湖の輪郭が見えてくる。ドローンが新しい写真の世界を拓いている。

80 1月テーマ
宗谷岬の日の出

(2017・8・28)

一朝(ひとあさ)の 機会を生かし 日の出撮り

> 宿泊した稚内のホテルを暗いうちに出て宗谷岬に向かう。岬では日の出を見ようと旅行客が三々五々と集まって来る。5時台に入る頃太陽が水平線の雲間に姿を現す。地上と上空でのパノラマ写真撮影で、一朝限りの機会を生かした撮影となる。

2018年

海鳥が　夜明けを待ちて　茜空

宗谷岬で日の出を待つ。水平線を覆う雲に水平線下にある太陽の光が反射して明るくなって来る。海原は未だ夜の余韻を残して、暗い青色で広がっている。手前の水面から少し顔を出した岩に止まっているのはアオサギだろうか、シルエットが写る。

81 1月テーマ
最北地の日の出の空撮

海鳥(とり)と人　吸い寄せられて　光り道

　海鳥も人も岩の上で日本最北端の地で日の出を見ている。まったく無関係の両者であるけれど、昇る陽が造る光の道に吸い寄せられている点でつながっている。日の出時間の光が刻々と変化している様をパノラマ写真に記録しようとすると忙しい。

2018年

(2017・8・28)

海面に　光る道見え　最北地

　日の出の太陽が水平線より少し高くなった時、宗谷岬上空にドローンを上げ空撮を行う。朝日が海面に反射する様子が写る。海に突き出したように造られた日本最北端の地の碑、灯台、祈りの塔、宗谷港と港の集落がパノラマ写真で確かめられる。

82 2月テーマ
廃線予定の夕張支線

(2017・8・19)

廃線の　決まり鉄路の　列車撮り

　新夕張駅から夕張駅までの石勝線夕張支線は2019年4月に廃線の予定。早朝、新夕張駅から支線に向かい、夕張川に架かる鉄橋を列車が通過するところをパノラマ写真作成のため空撮。廃線が決まって、撮影にやって来る鉄道ファンが増えている。

2018年

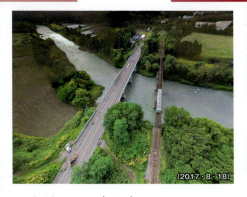

(2017・8・18)

空撮で 列車と車 サイズ知る

夕張支線の沼ノ沢駅と南清水沢駅の中間辺りで、夕張川に架かる鉄橋と道道38号の橋が並行する。道道の橋の袂に車を止め、鉄橋を渡って来る列車を狙い空撮を行う。自動車の走る道道の周囲に、ビニールハウスや企業の工場の大きな建屋も写る。

83 2月テーマ
夕張支線走行列車の空撮

(2017・8・19)

鉄橋を　1番列車の　通過なり

　夕張支線の清水沢駅から少し北に行った所で鉄橋の東側に道道1008号の橋が、西側に道道38号の橋が並んで渓谷に架かっている。早朝、夕張行の列車が鉄橋を通過するところを空撮する。道道38号の橋の上にいて撮影している同行者3名の姿も写る。

2018年

(2017・8・19)

トンボ見る　鉄橋列車や　鹿ノ谷

　撮り鉄の人に同行すると、カーブや鉄橋に列車が姿を現す一瞬を狙っている。それにお付き合いで、鉄橋の上を列車が通過するのに合わせて上空から空撮して全球パノラマ写真にする。鹿ノ谷の短い鉄橋の上を通過する列車の写真にトンボも写る。

84 3月テーマ
慰霊登山の行われる三角山

(2016・3・11)

山頂に　歌が流れて　鎮魂日

　三角山の標高の311mと数字合わせで、3月11日が三角山の日である。毎年この山の日に登山していて、2011年のこの日に東日本大震災が起きた。震災後三角山の山の日の登山は慰霊の登山と重なり、山頂には祭壇が設けられ鎮魂歌が流れる。

2018年

(2017・3・11)

大都会　山に恵まれ　献花見る

　三角山の日の山頂は雪で覆われている。花束が置かれていて東日本大震災の慰霊のために訪れた登山者が献花していったものだろう。晴れていて頂上から大都会札幌の街並みが足元に広がる。円山や藻岩山も見え札幌は山登りを楽しめる街である。

85 3月テーマ
三角山の空撮

(2017・7・15)

山頂の　さらに上空　日の出景

三角山頂上には一等三角点があり点名が琴似山なので、これが正式の山名のようである。しかし三角山の山名が定着している。日の出時刻に間に合うように登り、山頂でドローンを飛ばし空撮する。都心部や琴似の高層ビルがパノラマ写真に写る。

2018年

(2017・10・7)

山裾に　リンゴ園見え　秋に入る

　三角山は登山口の一つに山の手口がある。少し登るとこぶし平の開けたところに出て、ここからドローンを飛ばし、秋の近づいた三角山と山裾の街並みを上空から撮ってみる。山裾にあるリンゴ園も見えている。登山後はリンゴを買って帰ろうか。

86 4月テーマ
オロロンラインの景観

(2017・8・27)

沖合の　天売焼尻　島霞み

　オロロンラインは石狩市から稚内市までの日本海沿岸を走るルートの呼称である。途中苦前町を抜けて行く。「とままえ温泉ふわっと」の庭から苦前漁港を見下ろしてパノラマ写真を撮る。沖合に天売島と焼尻島が在っても、霞んで島影は見えない。

2018年

(2017・8・27)

風Ｗと　面白き名の　道の駅
　　ふわっと

　苫前町にある道の駅「風Ｗとままえ」は同町が風力発電を町の売りにしようと名付けている。「風Ｗ」とは風力で電気（Ｗ）を起こすという意味で「ふわっと」である。ここからは風車は見えないけれど、オロロンラインを少し北に進むと見えてくる。

87 4月テーマ
オトンルイ風力発電所

(2017・8・27)

河川敷 海につながる 天塩川

オロロンラインは長い道で全長290Kmを超す。苫前町から北に向かうルートでは途中羽幌町、初山別村、遠別町を経て天塩町に至る。天塩町は天塩川の河口に町の市街地が形成されている。河口近くの天塩川に沿って天塩河川公園が整備されている。

2018年

(2017・8・27)

オトンルイ　風車が並び　発電所

　オロロンラインが天塩川を越え幌延町に入った辺りにオトンルイ風力発電所の風車群が見えてくる。南北3.1Kmに渡って28基が並ぶ。風車群をパノラマ写真に撮るとサロベツ原野を真っ直ぐに延びる国道106号と海上の北の方向に利尻富士が見える。

88 5月テーマ
巨大砂嘴(さし)の野付半島

(2016・9・29)

野付埼 道の終わりで 砂嘴を撮る

　野付半島は漂砂が堆積して形成された砂嘴である。狭い陸地の部分に道道950号が走っている。道路の終端に駐車場があり、ここからドローンを飛ばし空撮を行う。車の進入できない道の先に野付埼灯台がある。北東方向に国後島が霞んで見える。

2018年

灯台を　ススキ囲みて　野付埼(のつけさき)

　野付埼灯台は野付半島と国後島の野付水道（根室海峡）の最狭部のところにあり、灯台の光は国後島にも届く。空撮パノラマ写真に写る灯台は小さいので、望遠レンズで撮ってみる。灯台と附属の建物は白色で周囲を白い穂のススキが囲んでいる。

89 5月テーマ
野付半島のトドワラ

(2016・9・29)

木道の　先にトドワラ　残りたり

> トドワラはトドマツの林に海水が侵入して、トドマツが立ち枯れて残ったものである。野付半島にあるネイチャーセンターから遊歩道が延び、その先が木道となって浅瀬を渡って行ける。木道の先端辺りに残っているトドワラを見ることができる。

2018年

トドワラは　我が町なりと　別海町

　野付半島の遊歩道を歩いていると「別海十景・トドワラ」の看板を見てここは別海町と知る。野付半島の付根辺りは標津町で、半島の途中から別海町になる。野付湾を挟んで飛び地で別海町があり、町としては管理が大変なのではと思ってしまう。

90 6月テーマ
阿分(あふん)漁港と阿分駅空撮

(2016・7・16)

船揚場　埠頭と並び　阿分港

　留萌市市街地からオロロンラインで、増毛町市街地に向かう中間辺りに阿分漁港がある。2000年に完成した比較的新しい漁港で所在地は増毛町阿分である。港の空き地からドローンを飛ばし空撮。南北の防波堤に囲まれて小さな埠頭と船揚場が写る。

2018年

(2016・7・16)

　空撮で　建屋写して　旧校舎

　空撮写真に、阿分漁港からオロロンラインを越え東方向に大きな建物が写っている。2015年3月に閉校になった旧阿分小学校の校舎である。増毛町阿分地区の最も大きな建物で、津波の時の避難場所にも指定されている。近くにJR阿分駅があった。

91 6月テーマ
阿分駅ホームと待合所

(2014・8・22)

見るからに 短きホーム 阿分駅

阿分駅は短い木製デッキのホームで、1両の列車でも停車すると車体の一部が踏切に飛び出す。駅名標に「のぶしゃ」、「れうけ」と隣駅の駅名が見えるけれど、知らなければ漢字には直せない。路線の廃線で阿分駅も2016年12月5日に廃駅となった。

2018年

(2014・8・22)

学校を　駅も後追い　廃止なり

阿分駅のホームの横の踏切のところにプレハブ小屋がある。阿分駅の待合所である。対照的に道路を挟んで駅の西側に2階建ての立派な建物がある。閉校になった旧阿分小学校である。小学校の後を追うように1年半後には駅も廃駅になっている。

92 7月テーマ
霧多布岬の日の出

(2014・4・27)

灯台の　投光止みて　日の出かな

　朝早く投宿ホテルを出て霧多布岬に向かう。湯沸岬灯台から少し下りた遊歩道の適当な場所で日の出を待つ。霧多布岬は岩礁が海の東方向に向かって延びている。東から少し北寄りの水平線に赤い円形の太陽が現れる。漁船が手前を横切って行く。

2018年

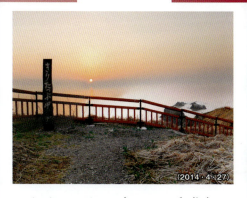

(2014・4・27)

灯台を 照らす朝日や 霧多布

　日の出の太陽の高度が増すと海面に反射して光の道が現れる。その様子を、ここが霧多布岬であると示すため標識も入れてパノラマ写真に撮る。どんどん昇ってくる太陽を相手に写真を撮るのは忙しい。投光を終えた灯台が朝日で輝き出して来た。

93 7月テーマ
霧多布岬の日の入り

(2014・4・26)

日の入りを　枯れ野で撮りて　岬の地

日の入り近くに霧多布岬の展望台の遊歩道を歩く。遊歩道はパーキング場から続いていて、この時期と時間ではここを訪れる客がほとんど居ない。春先で平らな草地を枯草が覆っている。パノラマ写真には枯草の彼方に湯沸岬灯台が小さく写る。

2018年

湯船から 落日を見て 湯沸山

　霧多布岬の湯沸山に「霧多布温泉ゆうゆ」の温泉施設があり入浴。浴槽から霧多布市街を見下ろす事ができ、その先西方向に湾と小高い大地の部分が見える。ここから見る落日は水平線ではなく地平線に沈む。幻想的な夕日を湯船の中で飽かず見る。

94 8月テーマ
占冠村赤岩青巌渓

(2016・8・6)

ラフティング　楽しむ人が　鵡川(かわ)の中

占冠村の赤岩青巌峡は同村の景勝地である。鵡川の渓谷に沿った道道136号が道道610号と交わる辺りにある。渓谷の上からドローンを飛ばし空撮を行う。鵡川の急流が岩に当たって波立っている。その流れの中でラフティングを楽しむ人の姿がある。

2018年

(2016・8・6)

村立の 自然公園 青巌峡

　赤岩青巌峡の駐車場から少し歩いて峡谷を見下ろす場所に出る。看板がありここが村立自然公園であることを知る。この地は火山灰が堆積した輝緑凝灰岩で形成されていて、赤、青の奇岩、巨岩が見られる道内随一の評価の景勝地と説明にある。

95 8月テーマ
観光立村を目指す占冠村

(2016・8・6)

村祭り　日没前の　フラダンス

　占冠村ふるさと祭りに合わせて同村を訪れる。祭りの会場にはステージが設けられハワイアンの曲が流れ、呼ばれたダンサー達によるフラダンスの披露がある。屋台が並び村民や関係者が食事を楽しんでいる。会場の芝生に座りN村長と話をする。

2018年

(2014・9・6)

小さくも　観光の村　花飾り

　占冠村を貫く道道136号と国道237号が接続する交差点に占冠郵便局があり、道の駅「自然体験しむかっぷ」もある。村役場も近くにあって、占冠村の中心街である。広場がありプランターに花が植えられ、観光の村としての環境整備に怠りない。

96 9月テーマ
ジオパークのアポイ岳

(2016・10・5)

登頂は　人に代わりて　ドローンなり

　アポイ岳は橄欖岩でできている810mの山で、標高が低い割には高山植物の宝庫として有名である。5合目のところに山小屋があり視界が開ける。ここから搭載カメラで登山道を見ながらドローンを飛行させ、頂上に達し上空からの写真撮影に成功。

2018年

(2016・10・5)

海近き　アポイ上空　漁港見る

　アポイ岳は海に近い。8合目辺りの登山道からドローンを上げて空撮を行うと海岸が写る。アポイ岳が太平洋に落ちる山裾に港が見え、様似町の冬島漁港である。同町の海に突き出した巨大な岩のエンルム岬も見える。登山道の先に頂上が写る。

97 9月テーマ
橄欖岩のアポイ岳

(2016・10・5)

この岩が 橄欖岩(かんらん)か 7合目

アポイ岳は2008年に日本ジオパーク、2015年には世界ジオパークに認定された。地球の深部からもたらされる橄欖岩がアポイ岳一帯に見られるのが認定の理由の一つとなっている。登山道を歩いていて露出した岩を見て、これが橄欖岩かと思う。

2018年

(2014・6・27)

馬の背の　霧中に黄花(きばな)　キンロバイ

　アポイ岳は海に近いため、よく霧が出る。霧がかかれば山頂や海の景観は諦め、足元の高山植物の観察となる。馬の背お花畑の看板のあるところでパノラマ写真を撮ると、ハイマツの傍に黄色い5弁の花が写る。キンロバイらしいが確信は持てない。

98 10月テーマ
手稲山の春夏

(2017・5・21)

残雪(ゆき)の見え　不可視の電波　山下り

　手稲山は札幌市の西区と手稲区に跨った標高1023mの山である。5月の下旬に入る頃、休業しているロープウェイの山麓駅に行ってみると、周囲に残雪がある。見上げる手稲山にも雪渓が残っている。ドローンの空撮に山頂のアンテナ群が写る。

2018年

(2016・7・23)

山と海 パノラマで撮り 手稲山

札幌市民も札幌市以外から訪れる人も、多くの人が手稲山に登る。平和の滝の登山口からのコースは途中ガレ場があってきつい。山頂には手稲神社奥宮があり、1等三角点もある。山頂に立ち頭を回すと、羊蹄山や石狩湾が目に飛び込む景観が広がる。

99 10月テーマ
手稲山の秋

(2016・10・18)

手稲山　空から見れば　織る錦

　黄紅葉で覆われる季節の手稲山は見ていて飽きないし、また恰好の被写体となる。ドローンを飛ばし上空から全球パノラマ写真を撮ると、まさに全山が黄紅葉で織る錦の観を呈する。大都会札幌市の市域にこれほどの山を抱えている事は自慢できる。

2018年

(2016・10・18)

観覧車　動くこと無く　秋進む

　以前テイネオリンピアと呼ばれ、現在はサッポロテイネの名の総合レジャー施設がある。雪の無い季節にはゴルフ、冬にはスキーが楽しめる。遊園地もあるが、休園中である。遊園地の観覧車が動くことも無く、黄紅葉のなかにあるのが見える。

100 11月テーマ
知床峠越えの小旅行

(2016・9・29)

廃業後 営業再開 秘境宿

　2016年9月に斜里町岩尾別温泉にある「ホテル地の涯（はて）」に1泊。チェックアウトの日の朝ドローンを飛ばしホテルの全景のパノラマ写真を撮る。ホテルの横の道が羅臼岳の登山口で登山者を見掛ける。一時廃業したが2018年6月営業再開。

2018年

(2016・9・29)

空で撮る　オホーツクの海　羅臼岳

　岩尾別温泉のホテルを発って国道334号の知床横断道路で羅臼町に向かう。知床峠の展望台のある手前の駐車スペースで車を停めて、ドローンで空撮を行う。道の先に羅臼岳が聳えている。オホーツクの海も空撮写真に写る。秋の景観が広がる。

101 11月テーマ
羅臼町の秘湯「熊の湯」

(2016・9・29)

碑の形　山容似たり　羅臼岳

知床峠の斜里町と羅臼町の境にある駐車場に着いて少し待つと、雲が移動して羅臼岳の山頂が見えてくる。展望台に山の形をした知床峠の石碑があり、羅臼岳と重ねて撮る。国道であるけれど冬期は降雪のため延長23.8Kmが通行止めになる。

2018年

(2016・9・29)

秘湯とは　かくの如きか　熱湯泉

　　知床峠を下って羅臼の町に出る途中で「熊の湯」に寄る。現地の温泉同好会が管理している自由には入れる露天風呂で先客が居る。秘湯の典型的なもので、これに入らぬ手は無いと入浴する。「熱湯危険注意」の看板通りかなり熱い湯に浸かる。

102 12月テーマ
北科大芦原ニセコ山荘

(2017・3・8)

山荘や 雪の名峰 撮り損ね

ニセコ町に北海道科学大学（北科大）の芦原ニセコ山荘があり何度か利用した。山荘の周囲が雪で覆われている中、宿泊者がドローンを持ち寄り積雪の上の簡易ヘリポートから飛行させる。雲がかかり、羊蹄やニセコアンヌプリの頂上は隠れている。

2018年

(2017・3・8)

白い葉が　木に繁りたり　雪の朝

　山荘の周囲の深い雪を漕いで朝の散歩となる。適当な場所で雪を踏み固めて身体を回転させ、全球パノラマ写真撮影を行う。山荘が写り、周囲の枯木に雪の葉が繁り出したように見える。音の無い世界が広がり木から時折雪が落ち雪煙を上げている。

103 12月テーマ
山荘でのドローン飛行実験

(2016・6・10)

実験や　指さす彼方　ドローン飛ぶ

　ニセコ山荘はドローンの飛行、実験の協力、ニセコの山々の登山で何度か利用した。北科大のM教授のドローンによる遭難者救助の研究テーマに関連して、目隠し状態で上空のドローンが飛んでいる方向を指さす実験に同宿者が協力した事もある。

2018年

(2016・6・10)

荷を置いて　貸し切りの宿　休みたり

　ニセコ山荘は定員以内なら別々のグループで泊まることができる。時には同じグループによる貸し切り状態の場合もある。調理の設備があり、料理に自信のある宿泊者は調達してきた食材で腕を振るう事になる。夕食の後は宴会が続いていく。

あとがき

　爪句集シリーズは本爪句集が 37 集目となる。本爪句集は、出版過程でこれまでのシリーズから変更になったところがある。校正と最終仕上げでの処理の変更である。これまで校正と最終仕上げに関わってきた N さんが共同文化社を定年退職し、後任の T 氏が校正を引き継いだ。T 氏にとって最初の爪句集出版であり、慣れない仕事を遂行された事にお礼申し上げる。本爪句集出版に関わっていただいたアイワードの方々にもお礼申し上げる。

　前述のように新しい布陣での爪句集制作となり、著者も戸惑うことがあった。本爪句集の校正はほぼ「てにをは」のレベルで、内容に踏み込んだものではない。加えて、紙ベースだけの処理で、対面での確認は無くなった。こうなると校正作業の範囲を超えるかもしれない内容のチェックは行われず、原稿書きは文字通り最後まで単独作業と

なる。著者が気のつかなかった内容の誤りはそのまま印刷される事になる。

　本爪句集は普通の句集や写真集とは異なり、爪句集に QR コードを印刷し、これを読み込むことでタブレットやスマホに全球パノラマ写真が表示されるようにしてある。このため、全球パノラマ写真データをネットのサイトに保存する必要があり、写真データを含めた原稿をブログ記事として予め公開している。ブログでの公開は、あるいは内容の誤りを読者に指摘してもらえるかもしれないという淡い期待が込められている。しかし、ブログ記事へのコメントは皆無に近かった。ブログの読者を校正者に仕立てる事にも失敗している。ただ、それでも時たまブログにコメントを寄せられたハンドルネーム「マリオ？？」氏にはお礼申し上げる。

　これまで全球パノラマ写真を中心にしてカレンダーを出版してきている。爪句集と同様カレンダー出版も赤字続きで、その赤字を少しでも解消しようと来年 (2019 年) のカレンダー出版に向け、

出版資金の補てん目的でクラウドファンディングを行っている。本爪句集はそのリターン（返礼）品に位置付た出版でもある。

　これまで4年間にわたってのカレンダーに採録した写真の撮影者は、著者以外の方々も居られる。本爪句集にはそれらの方々のカレンダー写真は載せてはいない。その点をお断りして、ここにお名前だけを記してお礼申し上げる。2015年「パノラマ写真で巡る北海道の駅」：福本義隆氏、山本修知氏、2016年「パノラマ写真で記憶する北海道の鉄道」：福本義隆氏、山本修知氏、和田千弘氏、2017年「パノラマ写真で見る駅と列車の風景」：福本義隆氏、山本修知氏、和田千弘氏、2018年「北海道の絶景空撮パノラマカレンダー」：山本修知氏、三橋龍一氏。

　本爪句集の前のシリーズの第36集「爪句＠マンホールのある風景」もクラウドファンディングで出版費用を補てんしている。爪句集とカレンダーとテーマは異なっても寄附をお願いしている事には変わりなく、お願い先が重なる点で気が重

かった。一部の方を除いては、重複の寄附はそれほどでなかった点で少し気が楽になっている。第36集と同様寄付者のお名前を最後に記して感謝申し上げる。

余談になるけれど、本爪句集にも採録している三角山の登山を1万回達成した高齢者の紹介が最近のテレビ番組であったのを目にした。高齢者の奥さんが毎日健康に留意した食事をご主人のため作っている場面もあって、我が家とも重なった。著者の爪句1万句達成のため、毎日食事に気を配ってくれている妻には、毎回の爪句集出版と同様、最後に感謝の言葉を記しておきたい。

誕生日　満で数えて　喜寿の歳
―2018年9月2日

クラウドファンディング寄附者のお名前
(敬称略、寄附順、2018年9月27日現在)

三橋龍一、相澤直子、土作正敏、菊池美佳子、佐藤征紀、坂東幸一、松井文也、森　成市、三上一成、川久保昭、山本修知、松岡京子、福本義隆

著者：青木曲直（本名由直）（1941～）

北海道大学名誉教授、工学博士。1966 年北大大学院修士修了、北大講師、助教授、教授を経て 2005 年定年退職。e シルクロード研究工房・房主（ぼうず）、道新文化センター講師、私的勉強会「e シルクロード大学」を主宰。2015 年より北海道科学大学客員教授。2017 年ドローン検定 1 級取得。北大退職後の著作として「札幌秘境 100 選」（マップショップ、2006）、「小樽・石狩秘境 100 選」（共同文化社、2007）、「江別・北広島秘境 100 選」（同、2008）、「爪句@札幌＆近郊百景 series1」～「爪句@マンホールのある風景 上 series36」（共同文化社、2008～2018）、「札幌の秘境」（北海道新聞社、2009）、「風景印でめぐる札幌の秘境」（北海道新聞社、2009）、「さっぽろ花散歩」（北海道新聞社、2010）。北海道新聞文化賞（2000）、北海道文化賞（2001）、北海道科学技術賞（2003）、経済産業大臣表彰（2004）、札幌市産業経済功労者表彰（2007）、北海道功労賞（2013）。

≪共同文化社　既刊≫

〔北海道豆本series〕

1　爪句@札幌&近郊百景
　　212P（2008-1）
　　　定価　381円+税
2　爪句@札幌の花と木と家
　　216P（2008-4）
　　　定価　381円+税
3　爪句@都市のデザイン
　　220P（2008-7）
　　　定価　381円+税
4　爪句@北大の四季
　　216P（2009-2）
　　　定価476円+税

5　爪句@札幌の四季
　　216P（2009-4）
6　爪句@私の札幌秘境
　　216P（2009-11）
　　　定価476円+税
7　爪句@花の四季
　　216P（2010-4）
8　爪句@思い出の都市秘境
　　216P（2010-10）
　　　定価476円+税

9 爪句＠北海道の駅－道央冬編
　P224（2010－12）
10 爪句＠マクロ撮影花世界
　P220（2011－3）
　定価476円＋税

11 爪句＠木のある風景－札幌編
　216P（2011－6）
　定価476円＋税
12 爪句＠今朝の一枚
　224P（2011－9）
　定価476円＋税

13 爪句＠札幌花散歩
　216P（2011－10）
　定価476円＋税
14 爪句＠虫の居る風景
　216P（2012－1）
　定価476円＋税

15 爪句＠今朝の一枚②
　232P（2012－3）
　定価476円＋税
16 爪句＠パノラマ写真の世界－札幌の冬
　216P（2012－5）
　定価476円＋税

17 爪句@札幌街角世界旅行
224P (2012-7)
定価 476 円+税

18 爪句@今日の花
248P (2012-9)
定価 476 円+税

19 爪句@札幌の野鳥
224P (2012-10)
定価 476 円+税

20 爪句@日々の情景
224P (2013-2)
定価 476 円+税

21 爪句@北海道の駅−道南編1
豆本 100×74㎜ 224P
オールカラー
(青木曲直 著 2013-6)
定価 476 円+税

22 爪句@日々のパノラマ写真
豆本 100×74㎜ 224P
オールカラー
(青木曲直 著 2014-4)
定価 476 円+税

23 爪句@北大物語り
豆本　100×74㎜　224P
オールカラー
（青木曲直 著　2014-11）
定価 476 円+税

24 爪句@今日の一枚
豆本　100×74㎜　224P
オールカラー
（青木曲直 著　2015-3）
定価 476 円+税

25 爪句@北海道の駅-根室本線・釧網本線
豆本　100×74㎜　224P
オールカラー
（青木曲直 著　2015-7）
定価 476 円+税

26 爪句@宮丘公園・中の川物語り
豆本　100×74㎜　248P
オールカラー
（青木曲直 著　2015-11）
定価 476 円+税

27 爪句@北海道の駅−石北本線・宗谷本線
豆本　100×74㎜　248P
オールカラー
（青木曲直 著　2016−2）
定価476円+税

28 爪句@今日の一枚−2015
豆本　100×74㎜　248P
オールカラー
（青木曲直 著　2016−4）
定価476円+税

29 爪句@北海道の駅
−函館本線・留萌本線・富良野線・石勝線・札沼線
豆本　100×74㎜　240P
オールカラー
（青木曲直 著　2016−9）
定価476円+税

30 爪句@札幌の行事
豆本　100×74㎜　224P
オールカラー
（青木曲直 著　2017−1）
定価476円+税

31 爪句＠今日の一枚—2016
豆本　100×74㎜　224P
オールカラー
（青木曲直 著　2017-3）
定価 476 円＋税

32　爪句＠日替わり野鳥
豆本　100×74㎜　224P
オールカラー
（青木曲直 著　2017-5）
定価 476 円＋税

33　爪句＠北科大物語り
豆本　100×74㎜　224P
オールカラー
（青木曲直 編著　2017-10）
定価 476 円＋税

34　爪句＠彫刻のある風景—札幌編
豆本　100×74㎜　232P
オールカラー
（青木曲直 著　2018-2）
定価 476 円＋税

35 爪句@今日の一枚―2017
豆本　100×74㎜　224P
オールカラー
（青木曲直 著　2018-3）
定価 476円+税

36 爪句@マンホールのある風景 上
豆本　100×74㎜　232P
オールカラー
（青木曲直 著　2018-7）
定価 476円+税

北海道豆本 series37

爪句@暦の記憶

都市秘境100選ブログ http://hikyou.sakura.ne.jp/v2/

2018年10月11日 初版発行

著　者　青木曲直（本名 由直）
企画・編集　eSRU出版
発　行　共同文化社　〒060-0033　札幌市中央区北3条東5丁目
　　　　　　　　　TEL011-251-8078　FAX011-232-8228
　　　　　　　　　http://kyodo-bunkasha.net/
印　刷　株式会社アイワード
定　価：本体476円＋税

© Aoki Yoshinao 2018　Printed in Japan.
ISBN 978-4-87739-319-9